白沙

③

—完—

布蘭登・山德森──故事原著

林雅儀──譯

BRANDON SANDERSON'S
WHITE SAND
A COSMERE GRAPHIC NOVEL

【編輯說明】
本中文版為收錄《白沙》新版合集（*Brandon Sanderson's White Sand Omnibus*）之內容。

白沙祕典

第三部

詞彙表

Aisha! 艾夏的！
感嘆詞，意為「白沙啊！」或「沙之主！」。

A'Kar 艾卡
高等祭司與可林信仰的領導者。

a'keldar 艾可達，複數型為艾可達林（a'keldarin）
大型沙狼，可達（keldar）的表親，可達的複數型為可達林（keldarin）。

ashawen 艾沙溫
一種暗色、味道強烈的克茲塔香料。

DaiKeen 戴金
可林教信徒加入的家族式團體，加入後會在額頭上佩戴所加入氏族的符號。

DelRak Naisha 戴蚋克奈沙，複數型為戴蚋加（DelRakin）
一種會躲在沙下並等待獵物踩到牠身上的深沙蟲。

deep sand 深沙區
日面上危險的區域，在此區沙蟲可以長到巨大的體型，而多苓藤則生長在沙下深處，無法當作水源。

The Diem 日殿
御沙師天職，同時也指御沙師居住的建築群。

DoKall 多卡液
一種可以使沙蟲甲殼逐漸產生防水性的物質。

dorim vines 多苓藤
一種可以在克拉沙下找到、富含水分的藤蔓。

KaDo and Kamo 卡多與卡莫
稀有的克茲塔香草與辛香料。

KaRak 卡蚋克，複數型為卡蚋金（KaRakin）
一種供打獵娛樂用的巨大沙蟲。

Karshad 卡沙德語
可林教祭司所使用的語言。

KelThrain 凱爾日瑞安
橫跨凱薩雷城和凱爾辛區之間的主橋。

Kelzi 凱爾茲，複數型為凱爾辛（Kelzin）
落沙的上層階級。

Ker Kedasha 克可達沙
帳篷城，克茲塔首都。

the KerKor《可蔻經》
可林教宗教經典。

Kerla 克拉
位於日面的遼闊土地，生命與水源在沙下蓬勃發展。

Ker'Naisha 可奈沙
克茲塔語的「沙之主」。

Ker'reen 可林教
克茲塔的國教，注重嚴格信奉沙之主及其律法。

Kerzta 克茲塔
日面最大、工業最進步的國家。

Kerztian 克茲塔的 / 人
和克茲塔有關的事物，或來自克茲塔的人。

Kezare 凱薩雷
落沙首都。

Kli 可禮，複數型為可禮恩（Klin）
由可林教教會授予的頭銜，可世襲繼承。

lak 拉克
在日面所使用的礦石幣。

Lonsha 勠沙
克茲塔語，意指來自暗面的人。

Lonzare 勠薩雷
凱薩雷裡由暗面人與落沙人共同建立的行政區。

Lossand 落沙
日面第二大的國家。

Los'seen 落辛教
敬拜沙之主的寬容哲學教派。

Lraezare 勒瑞薩雷
落沙南邊的港口城市。

Napthani flame 內薩尼之火
昂貴且難取得的爆炸性物質。

Nor'Tallon 諾塔倫
塔倫的首都。

overmaster 過度操御
當御沙師脫水太嚴重，導致他們失去御沙的能力。

overburn 過度燃燒
當御沙師將體內最後的水和生命施予沙子，以換取最後一次具強大爆發力的御沙術。此舉十分危險。

qido 契多，複數型為契多殷（qidoin）
一種彎曲、像角的水壺。

Reven 雷溫
希維司（Seevis）之王。

Rim Kingdoms 外緣諸國
泛指位於日面西北方山脈之外的國家。

Ry'Do Ali 瑞多阿里
克茲塔語，意為「受詛咒的水脈」（The Vein Cursed Waters），貫穿落沙中部的河流。

Ry'Kensha 瑞肯沙
「受詛之人」的克茲塔語，指御沙師。

Senior Trackt 資深追警
類似警長或警監。常被稱為「前輩」。

shalrim 沙苓
一種植物，其纖維可以織成柔軟的衣物。

Taisha 塔沙，複數型為塔辛（Taishin）
落沙的管理機構「塔辛委員會」的成員。

terha 拓哈，複數型為拓罕（terhan）
身形比苓施獸更大，速度也更快的沙蟲，是戰士愛的坐騎。若每月噴灑多卡液，其甲殼會變得難溶水。

terken 拓殼
對御沙術免疫的意思。

tonk 苓施獸
日面能夠背負重物的野獸。

trackt 追警
落沙的員警。

traid'ka 崔德卡
克茲塔語，意為好運。

ZaiDon 宰東
由沙蟲做成的柔軟、有嚼勁的肉乾，可與大部分面主食一起食用。

zensha 憎沙
克茲塔語，意為叛徒。

zinkall 辛考，複數型為辛考林（zinkallin）
在日面使用的一種氣動飛鏢槍。

Zo'Ken 左肯
御沙師練習打靶的遊戲。

日面

北邊疆海

深沙區

多沙賀賈

鄧卡

瑞維恩

希維司

夋胥可落胥

塔倫

克瑞達山

諾塔倫

諾塔倫河

克可達沙

凱薩雷

深沙區

勒瑞薩雷

落　沙

南　邊　疆　海

第三部

PART THREE

CHAPTER 13

第十三章

委派工作

艾伊絲資深追警，來見希里絲法官。

啊，是的，她正在等妳。

「結果，我被困在替瑞肯沙和他那不神聖的日殿當保母的任務中。」

……我們很想念有妳一起調查的時候。

泰恩，再九天我的任務就會結束——如果能此根絕御沙師會很值得的。

薛贊走投無路了，他很快就會犯錯。只希望我能領導調查。

艾伊絲，妳守護宗師主的任務進行得如何？

這是一項很冒犯我的任務，法官大人。但您知道我必須恨他。很遺憾，但我別無選擇。

在坎頓的領導下，日殿正在快速改變。

9

——還是罪大惡極的罪人，因為他試圖用良善來偽裝邪惡？

我只評斷法律，艾伊絲，不評判道德。

說到這個，薛贊調查一案進行得如何？

雖然他的真實身分尚未被證實，但罪爵的勢力範圍極廣。就在昨天……

他的其中一個骷髏巢穴遭到查抄。

「薛贊從別人的苦痛中獲利。但我們的行動在他的組織裡埋下了分歧。聽說他其中一個主要盟友正想從組織裡分裂出來。」

我們放出風聲說我們願意提供**庇護**，以換取情報。

如此我們就能逮到他，無論他**是**誰。

但現在，我想調查還在進行中？

真讓人困惑。這裡提到,上將主是由他天職中一小部分的成員所選出來,叫做「**船東圈**」。

但他們為什麼要選一個像戴利留斯這樣丟臉、嗜酒如命又愛狂歡的酒鬼?

舵手的章程允許他能有無上限的食物與飲品預算。也許戴利留斯是在違背他意願的情況下當選的,所以他才用自己唯一能做的方式報復船東圈……

也許他和你一樣覺得被困住了,瑞肯沙。

我想我們所有人都被困住了,艾伊絲。就連非伊大人也是——他不知何故被捲入我父親的協議,然後就像踩到戴蚋克一樣掙脫不了。

但你又能怎麼辦……

25

克里絲薩拉，妳才是機靈的人。我甚至不知道該跟他說些什麼。

他的公會多年來都有向日殿獻上貢金，但除非有特殊原因，非伊絕不可能這樣做。就彷彿他在**害怕**什麼似的。

嗯，那妳即將見到一個無暇顧及比他低下人民的人——非伊商主。

我猜你不喜歡他？

是的？

告訴商主，因為我們上次的會面很唐突地結束，我希望能有一些時間來修補雙方之間的關係。

我會確保他收到您的消息，宗師主。

克，你聽到了嗎？會**確保**非伊大人收到我的消息。

我聽到了。你覺得他今天會這麼做嗎？還是這只是一個沒那麼正式的約定？

絕對是沒那麼正式。

我只希望非伊
沒有發現。

難道這詛咒永遠
不會放過我嗎？

是可以。此事不會有人知
道，商主。給我你的支持
票，我就會把你的祕密
帶進火葬柴堆裡。

但如果你不支持
我，我會向全落沙
宣告你的祕密！

而那祕密又是
什麼呢，宗師主？

白沙的！
就差一點！

我們倆
心知肚明。

呵。
呵呵呵。

好吧，我對落沙沒什麼
好隱瞞的，宗師主。
你想告訴人民
什麼就說吧。

然而，我警告你，
廳堂會需要你如此
言之鑿鑿的證據。

非伊，我會找到你的祕密的。
給我你的支持票，我就會把祕密
埋進深沙中。如果你讓我主動去
找你的祕密，你將不會得到如此
寬容的提議。

宗師主，你在**勒索**
我嗎？你那毫無希望
的天職，最多只能做
到這種程度嗎？

他的話很傷人。
我不該乘機利用
別人，即使是為了
拯救日殿。

對御沙術的觀察

有一部分的我有點失望自己沒有通過御沙術測試，但也鬆了一口氣。我忠於伊里斯，不太可能改而對日殿宣誓效忠。（說實話，無論宗師允不允許，我都會回到暗面。那麼坎頓就可以派他的特務御沙師來剿伏我。我有點難過不能親自研究他們。）

我暫住在日殿的這段時間裡，有機會在御沙師培訓的過程中觀察他們。如果一名被認為資質較弱的御沙師，例如坎頓，能用沙變出一個長得像他的誘餌，就像我在其中一次刺殺行動中看到的那樣，那麼想想，御沙師一旦發揮創意可以做到哪些事。（既然現在坎頓可以控制一條以上的沙帶，希望他不會因此失去只能使用一條沙帶時的想像力。）

根據我的觀察，即使只有一條沙帶也能做到許多事：

將御沙師抬升至空中
像剃刀一樣切割東西
推動御沙師前進
用沙創造出誘餌
渗入岩石中的縫隙後膨脹
能舉起比御沙師重上好幾倍的物品
豎起保護盾
若從尖端或側邊觸碰其他沙帶可使其失效
御沙術有無限可能

如果沙帶可以像刀鋒般鋒利，那麼御沙師是否可以將手臂上的活沙化成鞭子或刀刃來戰鬥，類似於星刻的戰鬥方式？

如果一條沙帶就能抬起御沙師，很多就能讓他們升得更高。那為什麼我沒看到更多類似的實際操作？

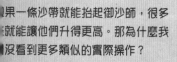

如果沙帶可以用來製作誘餌和當作盾牌，它們也能像星刻一樣防彈嗎？

CHAPTER 14

第十四章

毫無希望

艾伊絲，
這次有幾個？

我數了
有七個。

剩五個。

三個！

艾利克，你不覺得
我們應該——？

去幫忙？坎頓
可以照顧好自己。
妳不也聽到不久前
的對話嗎？用沙
殺了數百人
那些的。

但這些人
可以……防沙。

他還是可以
照顧好自己的。

抱歉，我得
處理這個。

咻——

艾利克，
你接住了它！
你是怎麼——？

手眼平衡。
這不算什麼。

決定了——

——我絕對不會
推薦這個地方。

坎頓！

表演結束，
宗師主！
你再動一步……

——我就朝她
腦袋射箭！

孩提時，我以為宗師主只不過是
個傲慢又玩弄他人情感的暴君。

現在，我逐漸意識到，
責任可以是件多麼可怕的事。

在無須承擔責任時，
生活輕鬆多了。以前
的我對於是非對錯
是如此肯定。

無法辦到。

我們年紀還小時，他是那麼
急於取悅，那麼拘謹又正直。
正是他父親希望他能成為的樣子。

現在，我卻在考慮要不
要勒索商主。這又如何
能符合我對於日殿應該
幫助他人的主張？

幫助他人對艾利克而言
很容易，因為他身無責任。
難怪他多年前要逃跑。

但他無法接受有一天要
成為將軍主，無法面對
責任。他消失了好多年。

現在
他回來了——

——但又會待多久？

公爵夫人，乞丐主
準備好要見妳了。

夫人，
他不喜歡等人。

什麼，
現在嗎？

坎頓，
我還有約。
我們晚點在
日殿見。

尼爾托一定是抓到了我們的線人,發現他打算和我們碰面,然後利用這個情報設下陷阱。

一如往常,薛贊—尼爾托!—領先了我一步。又喪失一個大好機會。

晚些時候……

尼爾托捎來訊息說他不會去找貝昂。乞丐主要離開凱雷一陣子。

尼爾托沒對我們說實話。妮提思,他給妳這張紙條時人在哪裡?

47

53

54

這是好消息……
不是嗎？

他就是乞丐王，
坎頓。兩年前，
他被子彈打擊中臉，
因此面目全非。

他說他不想回到
伊里斯。說他在
那裡的生活
已經結束了。

他很確信在暗面無法
使用御沙術，但我
對此還是保持樂觀。

坎頓，我是不是太執著
於這件事，以至於對
現實視而不見？

……相信我，
我可以說是鑑別
失敗的專家。

哈。

妳的目標高尚，
克里絲薩拉。但御沙術的
運作法則會讓妳的目標
變得難以企及。

妳無法在暗面
使用御沙術。
這注定會
失敗……

夫人，妳還好嗎？
貝昂說妳會回來，
但艾奎恩……

死了。

他是刺客，
史卡森的私人菁英之一。
他被派來尋找並除掉
蓋夫登王子。

這需要好好解釋
一下。順帶一提，
很高興看到你回來
了，貝昂。

無論別人是怎麼想的，
但我從沒離開過。王朝派我來
調查御沙術，而伊里斯派我保
護公爵夫人。

你走在一堵很
薄的牆上呢，
朋友。忠誠
是件不好劃分
的事。

我知道。

CHAPTER 15

第十五章

波浪與漣漪

——你
別無選擇了。

蓋文？

別那樣叫我！
妳想要整個王朝
都來找我嗎？

我不必聽你的，蓋文。
我一回到伊里斯，
就會告訴你父母你的
行蹤和所作所為。

妳是個傻瓜。
女人，妳真的想要
我死，對吧？

妳以為我不會殺了
妳來保全自己嗎？

克里絲，
妳想要做什麼？

我必須知道商主躲在哪裡。
農主知道，而你認識農主。
一小時內把消息帶來給我，
蓋文。

一小時內？妳
不是認真的吧？

我們曾經擁有的都結束了，
蓋文，我對你已沒有任何忠誠。
幫我做這件事，我就保證會保持沉默。
你就可以待在這裡，安全地過
你的新生活。

嗯，
妳真的成長了，
克里絲。不再只是
名分上的公爵夫人。

我想現在也沒有人
能再阻擋我了。

現在動起來吧。
一小時！

容我一問，你是做了什麼才得到這樣曖昧的榮耀？

我太成功了。在同儕眼裡，成功可是最嚴重的罪惡之一。

我並非一直是舵手的成員。在你出生之前，我是公會成員。

「當時的我既年輕又事業成功，只需要最後一筆交易——再兩萬拉克——我就有足夠財富成為商主。」

「一個朋友建議我投資東南邊新的拉克石礦場。我投入了自己所有的財產。」

你的錢全沒了？

全都被拿走了。我自掏腰包為那些礦場提供設備，五年後積蓄都花光了。我被迫把礦場賣給夥伴和老朋友。

「一週後，我的朋友——那個最初告訴我礦場和最終從我這買走礦場的人——挖到了拉克石。」

「這造就了他，讓他成為商主，而不是我。」

非伊？

他們把這些都奪走了？

我在這世上沒什麼可以相信的了，宗師主。那些我以為是朋友的人背叛了我。

我以為會保護我的天職，為了這個愚蠢的玩笑，奪走了我的生活。也許我給你上了一課？

沒錯，我犯了兩次同樣的罪——成功之罪。

我……很抱歉。難怪你……

沒錯。出於厭惡，我離開了公會，加入舵手以重建我的事業和財富。

年內，我自己有了與日面任何船隊匹的商業船隊。不幸是，在我這麼做的同時，我沒有主意到船東圈。

變成酒鬼？我幾乎一無所有了。你知道一瓶酒要多少錢嗎？

南方的葡萄種植、發酵、裝瓶和之後的運輸費用——便宜的酒大概一百拉克，最好的年份則要一千以上。

不知道，我……從沒想過。

而我啊，宗師主，可不喝便宜的酒。

章程只給了我三樣東西——在我有需要時可以有艘船、一棟供住的房子和吃喝不受任何限制。

我曾擁有價值好幾百萬拉克的船，而他們將**一切**從我這裡奪走，坎頓。

——我打算讓他們為每一分錢付出代價。很遺憾你無法加入我。

所以他的醉酒不是要消愁。而是為了**復仇**。

69

呃啊。全身都在痠痛。

但還是比上上次情況好——上次我有三天都不省人事，直到克里絲救了我。

所以我得繼續告訴自己，無論感覺如何，這都算是**進步**。

艾伊絲，我一直在想——妳說刺客的首領，艾卡指派的那一位，**曲解**了可林教經典，對吧？

一定是。上頭記載著「刺客可在奇數日發動攻擊」……

那麼……如果刺客的首領沒有畢生都在研究經典呢？

那麼他就不是個非常稱職的克茲塔人，不是嗎？

……但只有草草讀過的話，也許會讓人以為它的意思是「刺客至少要等一天」。很遺憾他們誤讀了。

如果他不是克茲塔人呢？妳不是說艾卡讓落沙人加入傳統上僅限克茲塔人的戴金嗎？

我是說過。你想說什麼？

血統上是落沙人，但隱瞞著他的可林教信仰。

我們知道他和艾卡勾結殺了宗師。也許他被賦予了完成他起頭之事的責任。

一個御沙師？我深感懷疑，瑞肯沙。消滅沙之主的敵人是很**神聖的使命**。

假如刺客的首領是我的同僚——德萊歐呢？

時代不一樣了，艾伊絲。艾卡做的事在克茲塔傳統上前所未見。

也許為了摧毀日殿，他和他認為**相對次要**的邪惡達成了協議。

你說了算，瑞肯沙。你說了算。

什麼都沒有。

但我想這就是重點。只希望我能在和德萊歐對決前恢復力量。

我現在懂了。
你**欠**日殿五百萬拉克，
對吧，非伊？
不是我們欠你。

沉吟
你想通了，
是吧？

而你現在要用
這點來摧毀我。

我會失去我的地位，
不僅是作為商主，還有
凱爾茲的身分。這就是
我的終結了。

但你怎麼會積欠
這麼多債務……？

除非……

商主能獲得他前任的
所有**財富**。這代表他
也會繼承前任商主的
所有**債務**嗎？

是的。

所以這麼說來，
很久以前，有一位宗師主
意識到，既然宗師不需要
支付任何費用，日殿
只需要少少收入
便能維持生計。

他決定向其他天職
收取貢金，並和商主
開了一個高利息的
儲蓄帳戶。

確切說來是**赫寧**商主。
那個白癡在繼承兩筆不同
的財產後獲得了這個職位，
卻毫無生意頭腦。

他接受了宗師主的
儲蓄帳戶，但拿走本金，
還把本金浪費在爛投資上。
但他欠宗師主的錢來自於
銀行帳戶，而且他
已經全花光了……
再加上利息。

當下任商主獲得
職位時，他發現
我們欠了宗師主
一大筆錢。

應計利息是如此龐大，
而且自從赫寧失去了他
大部分財產後，新上任的
商主沒有得到他的一毛錢
——只有他的**債務**。

在此後的一世紀，
利息不斷累積，直到
沒有任何一任的商主
可以償還。

幸好宗師主願意將帳戶
的事保密，只要商主
繼續支付貢金。

就這樣，每一季，商主持續送去貢金……

……宗師主再將其存入儲蓄帳戶，利息持續增長，那該死的債務也持續**增加**。

而現在債務變成你的了。但一定有其他人知道這件事……否則就只是兩位塔沙各執一詞罷了。

希里絲大法官知道。數十年前，她的前任法官裁定，假如宗師主要求償還債務，就應該全額付清。

原來妳一直以來都知道阿，希里絲法官。妳給了我一個看似不可能的任務，但妳一直知道有方法可以達成。

真可悲。

你成功了，瑞肯沙。你擊敗我了。

你可以繼續這百年來的**勒索**傳統，正如其他人在你上任之前做的那樣。我會投給你，只要你不把債務的事說出去。

非伊大人，我花了好幾個星期承諾日殿會做出改變。我不想要你的選票，我想要的是你的支持。這兩者不一樣。

日殿打從一開始就不該向其他天職要求貢金，更何況是把它當成敲詐商主的工具。這筆債務愚蠢至極——就一筆勾銷吧。

什——？等一下……那你有什麼**要求**？

沒有任何要求。你就憑良心投票吧。

這太荒謬了。你一定有想要的東西！

有。我想要向公會——不是你——借錢，來償還日殿的債務。

我……被解除職務？現在？在這麼久之後……

沒錯。因此你和宗師主……

……沒有交通工具能離開了！

酒管家，你有……呃……文件嗎？

在這裡，上……我是說，戴利留斯。

艾夏的！這種情況永遠不會停止嗎？每次我一轉身，就會出現新的敵人。

然然然後……就這樣！現在簽好名、正式生效了。

艾伊絲追警，身為法律相關公務員，妳能幫我檢查一下嗎？

當然，我可以證實這些是符合要求的。

符合什麼要求？這是怎麼回事？一定又是他喝醉酒在胡言亂語！

你這酒鬼，現在是什麼情況？你還要更多酒嗎？拜託！你只是在讓自己難堪。

這些是船隊的所有權證書。我相信這十二艘船現在就停在勒瑞薩雷。

身為上將主，我被禁止擁有財產，但章程並沒有禁止我的僕人擁有任何東西。

即使「僕人」就是我的兒子。

兒子，請將我們所有的船隊派往北方，並建議船長們在一段時間裡暫時壟斷凱薩雷港的進出權──就大概為期一個月吧。

沒問題，父親。

一個月？這真是瘋了，戴利留斯！這個舉動會**嚴重損害**舵手！

當你偷走一個人的財富，當你給了他一個受全國人民嘲笑和辱罵的頭銜——

當你給了他**五年**的時間來思考他的恨意時——

——最好確保你**永遠不會**給他報仇的機會。下次記得吧。

現在，我可以提名洛卡爾為新任的上將主嗎？

但……

如果你們之中有夠多人投給他，我就會重新考慮我那（也許）太倉促的命令，並努力不封鎖凱薩雷。

支持洛卡爾成為上將主的人，請表態。

全部的人嗎？

那就是一致通過了。

你現在是上將主了，洛卡爾。你所有的財富都會被沒收，所有的船隻也是如此。除了住所和一些食物之外，你不能向舵手提出任何要求。

如果你不喜歡喝酒的話，我建議你可以試著去喜歡看看。我發現酒精的幫助大到難以計量。

你不能這樣做……求求你。

我是個仁慈的人，**上將主**，所以我會親自扣住你的財富和船隻。

在委員會上投給宗師主吧，那麼我就會提名一位新上將主，然後把你的所有物還給你。

這是給你一條出路——一個你們不曾給過我的東西。**上將主**，你懂了嗎？

是的。

CHAPTER 16

第十六章

殘酷潛能

這上面發生了
什麼事？

是刺客。但艾利克
解決他們了。我們
會把屍體丟回
他們船上，
再放火燒掉。

追警，
我們沒空做
這些克茲塔蠢事。

不！屍體
必須要埋在
深沙才行。

坎頓，艾利克
怎麼了？

我從沒真正明白
他離開日面的原因，
但和這個有關。

沒關係，戴利留斯。
把屍體放好、蓋好後，
放到另一艘船上，再用
我們的船拖著。等我們
抵達凱薩雷，再來安排
埋葬事宜。

他是個很有天賦的
鬥士——是我見過最擅長
舞劍的人。但我從他眼神
裡看得出來，有時候，他
也會嚇到他自己……

艾利克
做了這些？

但如果他是個戰士，
我會發覺的。
會打鬥的人有特定的
行為舉止。

艾利克
是個特例，
貝昂。

「顯然如此，
御沙師。」

宗師主……
我們還要多久
才會抵達
凱薩雷？

你不必這樣，
艾利克。
一切純屬意外。

一位領導者必須準備好
為自己的行為負責。
人們的生死都取決於
他的決策能力。

克里絲薩拉夫人，
我為我任何的不當
行為向妳道歉。
我無意冒犯。

我……
嗯……

晚安，
坎頓、夫人。

他在跟我們開玩笑嗎？
這些……禮節。他之前
總是灑脫行事。

艾利克
是將軍主的孩子。
他在一個非常嚴格的
環境下長大，也
因此做出反抗。
但現在……

「……我想他已經
放棄自己了。」

92

星沙之主啊，你把坎頓放到我的生命之途中，是為了要考驗我的信仰嗎？還是要指引我一條更好的路？

我將他視為你的敵人，我毫不隱藏這一點。然而，他卻不把我當成敵人。他反而捍衛我的信仰，即使同意我的請求會因而影響到他必須快速航行的需求。

和不願反擊的人戰鬥，是正確的嗎？

白沙的。如果我不管好自己，就會變得像其他人一樣，臣服在他強大的意志力之前。

也許我已經在那條路上了。

他周遭的人因他踏入他們的生活而有所改變。公爵夫人學會了服從和領導。受雇的保鑣現在不僅因為出於責任而保護，也因為友情。

艾利克的改變最大。他救了我一命，讓我知道還有更好的方法。

人不用屈服於憤怒之下也可戰鬥。

陌生人，如果你想和我打的話，我接受你的挑戰。

謝謝，但不了。我和劍處不來。

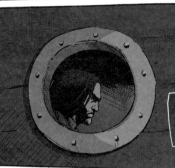

但因碰觸了他自始禁止自己碰觸的東西，他成為了自己害怕的人。

如今我的憤怒緩和，心胸也變得開闊，對我的敵人深感同情。這是我靈魂沙苓中的一道裂痕嗎？隨著時間推移，這道裂痕會將我撕裂成兩半嗎？

如果艾利克的命運是我自身命運的一瞥，那麼沙之主啊，請助我保持堅強。

99

艾伊絲，那裡
有什麼——？

地上有污漬。
這裡，這裡也有。

那是什麼？使用過
的沙嗎？有人在
用御沙術……？

不，
不是沙。
是血。

留下血漬的人把地板
清得很乾淨。很仔細
……**很專業**。

但他們沒有清到
床**底下**。附近有
那麼多守衛，他們
沒有那麼多時間。

為什麼床墊上
沒有床單？我想
將軍主原本應該
有用床單？

呃，是的。
他喜歡沙苓的觸感——
比起其他材質，將軍主
更喜歡沙苓。

沙苓柔軟但有
韌性。有人可能會
利用床單來綑綁
或運送他。

但他們無法把他運出塔樓，
有太多守衛了。這代表
將軍主**還在這裡**。

也許在某個人煙罕至
的地方，就連守衛也不常去。
某個不容易找到的地方。
某個……黑暗的地方。

告訴我，塔樓
有**地下室**嗎？

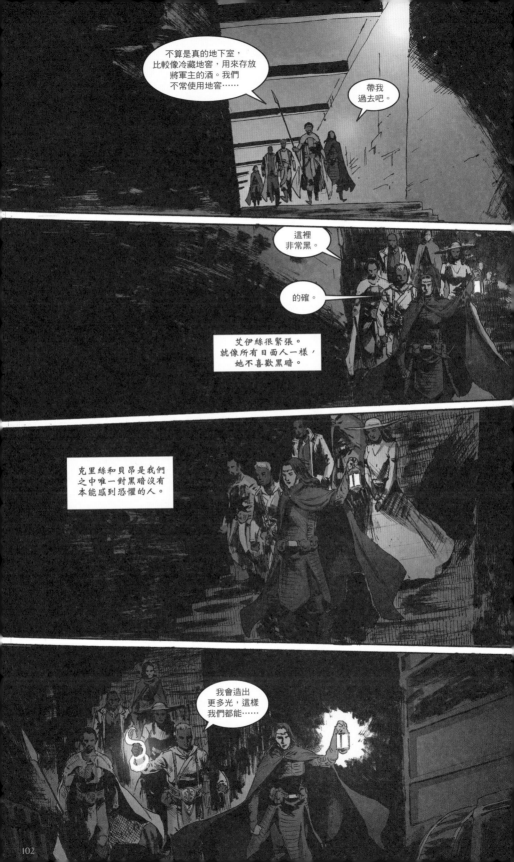

將軍主！

那是雷金。
他的眼睛怎麼了？

他的眼皮
被割掉了。

看到他嘴唇上
的殘留物了嗎？他也被
下藥了。**卡莫**，一種可以用來
增強情緒的克茲塔草藥——
或者，在這種情況下用來
增強**恐懼**。

他們在黑暗中
用他自己的床單把他
綁在此處，還割掉他的
眼皮，這樣當蠟燭燒完
時，他就無法逃避
腦海中浮現的恐怖畫面。

在這下面也沒人
聽得到他的尖叫聲。

我曾見過這樣
殘酷的謀殺……
這手法有薛贊
的特徵。

就算他掙脫了，這雙腿也會讓他難爬階梯，因為他在深沙上和沙蟲打鬥時受了傷。

這代表他……走路時會**一跛一跛**……

但薛贊有什麼理由要殺了雷金？

通常，薛贊將這種可怕的懲罰保留給……

背叛他的人。

「是雷金大人，他一定是薛贊網絡的一部分。」

「雷金想要退出，所以寫了那張被我發現的紙條，希望追警能幫他逃離薛贊的掌控。但紙條一定是被薛贊攔截了，所以才會在刺客身上。」

「薛贊想藉由爆炸來困住我和雷金。但當我們都逃脫後，薛贊為雷金做了其他安排——」

白沙的！那天我們在倉庫聽到一跛一跛的上樓聲不是薛贊。

——而我沒能救他。

要是他能找到別的方法聯絡我們就好了。

而如今，受人尊敬的塔辛成員雷金大人——也是對薛贊不利的證人——

死了。

什麼樣的人才能
做出如此暴行？

薛贊。

不是他手下，
是他**本人**。
這是他做的。

可憐的艾利克。
親眼看到他父親
落得這樣的下場。

戰士的重擔是
要承擔他人的痛苦，
公爵夫人，
還有自己的。

艾利克……
吾友。我的老友。
我很抱歉，我真的
很抱歉，我來找
你父親，但從
沒想過……

我知道你想問我
什麼，坎頓，
但拜託別問。

我**必須**問。
你知道我一定
要問。

因為發生的這些事，
我不想在此地、在此時
此刻問你，但是……

艾利克，你願意接任你
父親成為將軍主，好讓你
明天可以投票給日殿嗎？

我願意。

CHAPTER 17

第十七章
不可能的選擇

「是**拉孟恩**——妳兩週前抓到的那個人。我們終於讓他崩潰，說出了薛贊藏身處的位置。」

就在這裡。

不起眼，而且就隱藏在光天化日之下。典型的薛贊。

長官，我的小隊已經在裡面了。

窸 窸 窣 窣

泰恩，在上面！我們被**背叛**了。

沒錯，妳被**背叛**了。

110

那你現在是真的一無所有了！

咻—

什麼——？

呵呵。永遠不要從妳不信任的人手中收下武器啊，艾伊絲。

喔，但妳以前的確信任我，對吧？如果是尼爾托遞給妳武器就好了，嗯？

現在，關於我們的**計畫**。多虧了妳，我們的行動受到致命影響，所以我會暫時隱退。但在這麼做之前，我想滿足我的一個嗜好。

我對探索人們的弱點，以及找到他們的崩潰點很有興趣。例如可憐的雷金大人，他一直都非常怕黑。甚至比我們其他人都還要怕。

至於妳呢，很簡單。整個裁決廳的人都知道妳的祕密，妳是如何繃緊自己的感情傷口，以至於一旦有情感流露，就會**一發不可收拾**。

其他追警不知道是**什麼**原因讓妳如此不穩定。但我知道。妳瞧，我對這種事可是很在行的。

就是妳心中那激烈的矛盾。

妳是追警，還是克茲塔人？是信徒，還是罪人？是冷血的戰士，還是慈愛的母親？我們一起來看看吧。

我的同伴拉孟恩準備在一間孤兒院放火——事實上，就是養育妳長大的那間孤兒院。

孤兒是多麼令人心痛的受害者啊，如此無辜，卻又無人為他們哀悼。

還是妳會優先拯救和妳有更**私人**關係的人呢？

艾伊絲，要選責任還是家人？快選吧——我的手下再一分鐘後會放妳走……

……但很可惜，妳沒有時間**兩者都救**。

責任？

還是家人？

一分鐘到了，追警。上路吧。

責任？還是家人？如果我繼續浪費時間，所有人都會死。

喘氣
喘氣
喘氣

白沙的，我在哪裡？追警呢？他們應該正在巡邏才對。

責任還是家人？我需要找人幫忙。我需要……

拜託，讓開。*喘氣* 拜託！

……幫助。太好了！

你，員警！

艾伊絲資深追警？您受傷了嗎——？怎——

不！

孤兒院……*喘氣*東邊的那一間。在……*喘氣*沙蟲圈的旁邊。孤兒院有危險……*喘氣*……去找出引火裝置。

您呼吸不順，前輩，我想……

快去啊！

遵命，艾伊絲資深追警，立刻就去！

我做了什麼？我做出選擇，害死我的家人了嗎？沙之主啊……幫幫我。

1. Ker'Naisha，
克茲塔語的
「沙之主」。

「妳已經見過新上任的洛卡爾上將主。」

「以及我們的朋友，總是親切友善的非伊大人。」

「還有在他身旁非常沾沾自喜的利留斯！」

「坎頓，我曾短暫見過農主，當時的情況不是很理想。」

「確實，對此我很遺憾。」

「接下來，在他旁邊的是工匠主⋯⋯」

「⋯⋯然後是希里絲大法官，委員會主席。」

「我們見過。」

「她旁邊的是石匠夫人，代表著落沙所有的建築工人。」

「還有艾利克。」

「坎頓，我幾乎認不出他了。他到底發生了什麼事？他的衣服——？」

「他穿著將軍主的制服，證實了我所想的——我認識的艾利克已經不在了。」

「他是為了支持我才接任這個職位，所以很諷刺的是，他的第一個官方任務是要在此處⋯⋯」

「⋯⋯看著我死。」

「坎頓，你不是認真的。那⋯⋯胥拉呀！那是德萊歐嗎？」

「是的。我得走了。」

「坎頓⋯⋯伊里斯水手有句俗諺：『最耀眼的星星不一定最有用。』」

「嗯⋯⋯謝謝妳。我會銘記在心。再見，克里絲。我很榮幸能夠認識妳。」

「塔辛大人與夫人、落沙百姓們……」

「……你們來此見證一場非常嚴肅的事件。」

兩位御沙師，無法解決他們的分歧……

……因此選擇在一對一打鬥中面對面。

「願我們成為勝者的見證人……」

「……以及輸家的哀悼者。」

德萊歐的沙帶如掠食者般往前猛衝，他的三條沙帶攻擊著我的每一條。

德萊歐在大笑。
他故意不施展出
致命一擊。

他在玩弄我。

我只撐了幾分鐘，而我的
沙帶甚至沒能接近他。
我不會讓他這麼輕易
就打敗我！

這太可怕了！

是的，是很可怕。
然而您無權干涉，
公爵夫人。

他會死的！我們
不能讓那種事發生。

他選擇了自己的戰役，而且很
勇敢。這是為他人民所做出的犧牲。
您不能剝奪這一點。

雙眼正在灼燒。我逐漸脫水，而隨著每次攻擊，我的身體都在消耗水分。

御沙師就是如此戰鬥的。**在疼痛之中**。每一秒都在脫水。操御沙的痛苦。

但在幾分鐘前，這就已不再只是場打鬥了。

CHAPTER 18

第十八章

如沙般的時光

啊啊啊！

德萊歐不只會因此喪命，也無法得知他最後的指令會對聚集在此的人們造成什麼傷害……包括整個塔辛委員會……落沙會落得群龍無首的下場。

德萊歐！停下來！

除非……

就是這樣……現在沒事了。

呃啊啊啊！

你──你……救了我。

在我試圖……殺了你之後。

你脫水了。我們幫你拿點水吧。

但你是怎……怎麼……停止我過度燃燒的？

藉由碰觸你，我們彼此的御沙術相互干擾。就像用沙帶尖端去觸碰另一條，會讓兩條都變質落下那樣。

所以，法官大人，我已經做到您所要求的了——團結日殿於一個領導人之下，並證明了我配得上這條紗胥帶。為什麼還要等呢？我可以請委員會進行投票嗎？

在這裡投票不符合規定，宗師主……有人可能會打算針對法律細節**吹毛求疵**。

法官大人，我向您保證，那人不會是我…

……投票吧，我會接受表決結果。

那麼就如你所願，坎頓。我們會投票。然而，我警告你，這一次將會是我們的最終裁決。

將軍主，你怎麼投？

……我投贊成票給日殿。

商主，你怎麼投？

我**投給**日殿，希里絲。

農主。

工匠主，你怎麼投？

我提出的條件已被達成，法官大人。只要宗師主信守諾言，我投**贊成票**給日殿。

知道了。石匠夫人呢？

呃，我想我投**贊成票**給日殿，法官大人。

日殿已證明他們對人民有益且可變通，希里絲法官。我們**贊成**保留日殿。

139

上將主，你呢？

我……呃……

我全心全意地投**贊成票**給日殿。全心全意。

好傢伙。

看起來全委員會意見一致，法官大人。

還沒呢，宗師主。我們還有一人的選票沒算到——我自己的。

想必我已經達成您的要求了，希里絲法官。

是嗎？那麼日殿的債務怎麼辦？

呃，法官大人。基於**友情**的精神，公會決定要自行吸收日殿的債務。

同時承諾日後會給予豐厚的補償。一切都很合法。

日殿已經沒有債務纏身，御沙師也有了堅定的領導人。您的條件已被滿足，法官大人。

但還有第三個條件——獲得落沙人民的支持。我聽傳聞說，你似乎正在對此部分努力，坎頓。

然而，我知道自己對於此事並非**毫無偏見**。所以我為這種情況做好了準備。

既然我對日殿有所偏袒，我決定，代替裁決廳的投票者應該是對你抱有**偏見**之人。

我選了最反對你的人。這麼一來，若你能說服此人，我就會知道你能夠說服任何人——御沙師、普通工人，以及克茲塔人。

艾伊絲資深追警，我把我的投票權交給妳。裁決廳是投票贊成，還是反對日殿？

光是坎頓這個人的存在就違背了沙之主的意旨。在沙之上，他犯下的褻瀆比任何人都還嚴重。

我寧願死，也不要帶著被你罪惡力量拯救的恥辱苟活。

……拯救了我家人生命的人。

我們沒事。只是擦傷而已，但我們還活著。

媽媽？

而他也是那個……

媽咪在這，現在沒事了。沒事了。

在這麼久之後，我的人民有了能摧毀日殿的機會。

到了最後，我必須忠於沙之主……

……不是嗎？

宗師主，我曾注意到你會為了討好我，而試圖和我成為朋友，也許甚至還會救我一命——

而那也不會讓我對你的邪惡視而不見。

但你救了比我性命更重要的東西，在此同時也尊重我開的條件。雖然這會讓我很難受，但……

……我投贊成票給日殿。

看起來除了將日殿復職之外，我別無選擇。我正式認可你成為宗師主，坎頓。

恭喜你。

噢坎頓……妮提思告訴我們了！我們做到了！

我們救了日殿！

昨天我背叛了我的家人。今天我背叛了我的神。

如今的我還剩下什麼？

宗師主？
我剛被通知德萊歐
要求和您說話。

他醒過來了？
謝天謝地。

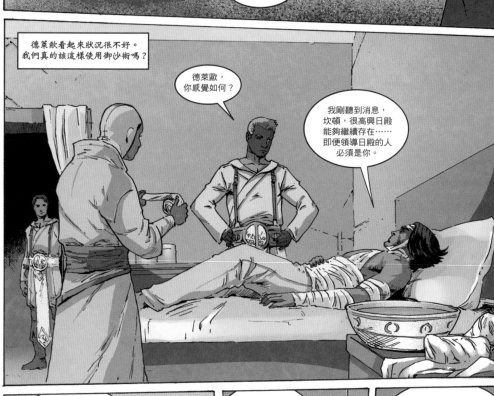

德萊歐看起來狀況很不好。
我們真的該這樣使用御沙術嗎？

德萊歐，
你感覺如何？

我剛聽到消息，
坎頓，很高興日殿
能夠繼續存在……
即便領導日殿的人
必須是你。

你的想法是對的，
德萊歐，關於為我們的
服務收費那件事。
這會讓我們負起責任。
在未來，我想要
採用這一點。

你，什麼？
你喜歡我的想法？
我可以幫忙。等我……
強壯一點的時候。

不過在別人的
雇傭下，我們會
需要明智又謹慎地
使用御沙術。

經過今天
之後，我也
了解了。

還有一件事。在場上時，
我脫水速度太快了，就像在
克拉上遭受克茲塔人攻擊時
我們的朋友也是同樣情況。

沒錯……我也這麼覺得。

關於那一天……我想得越多，就越意識到我誣賴了你——

……我也錯怪你了，即使這樣承認讓我很難受。但事實是，那天我們都是攻擊目標。

今天也是。我們都被下藥了。

有人想要我們再次過度操御，以防我們沒在場上殺了對方……

……或者是讓我們過度燃燒，然後和塔辛一起同歸於盡。

無論結果是哪個，都會讓日殿或落沙陷入混亂。

坎頓，水……

沒錯，當時在克拉上有一個人負責水，而今天也是他負責把水遞給我們……

「……次宗師艾洛林。」

「因為沙之主對我顯靈了。當你的神降下旨意，宗師主，你只管聽從。」

你的……神？白沙的！你什麼時候改信可林教了？

六個月前——當我辭去學從主任的職務時。

可林教信仰是真的，坎頓。

我本來也要辭去日殿的職務，但艾卡命令我繼續任職。

但我不能使用我的力量，因為我知道那是邪惡的。於是我不再御沙。我讓所有人認為我是過度操御，因此失去了力量。

噢，艾洛林。你讓我很為難。

好吧，那麼我會讓一切簡單一點，宗師主。你看看，規範的時間已經過去了……

……今天我可以**再度嘗試**。

這把箭被上了一層拓殼油——你的沙子也阻止不了它。

艾洛林，別這麼做。

那就殺了我。我準備好了。

147

左肯

雖然坎頓不願分享太多關於御沙術的事情，但他教了我一件事。御沙術的精髓，並不在於能控制沙帶的多寡。御沙術是一門藝術，有時精準度可以擊敗蠻力。

確實，御沙師或許能揮舞二十條以上的沙帶，但除非技巧與精準度兼具——兩者皆需要多年苦練——否則他們只不過是在移動大量沙子罷了。那樣的御沙術無法維持太久，就會耗盡體內的水分。

如果堅持過久，一名熟練的御沙師在被脅迫的情況下，能把自己逼到超越過度操御的境界，也就是日殿所稱的「過度燃燒」。當御沙師將自己體內最後的幾滴水餵給沙，並將自身的生命力獻給沙，以換取最後一次具爆炸性力量的指令時，這種情況就會發生。

另一方面，一條小巧鋒利的沙帶既快又集中，而且只需要御沙師體內的些許水分。

蠻力與精準度各有其時機，就像最大的戰鎚與最精緻的畫筆都有各自施展的機會。
訣竅是要知道何時該使用哪一方。既然如此，真正的御沙術關鍵便在於審慎的行動，與沙建立聯繫後與之溝通，傾聽它的微妙之處，並引導沙前進。這與教育孩童類似，最好的結果來自於友善的勸誘，而非直接使用武力。

最能體現這一點的莫過於左肯，也就是御沙師的運動。坎頓表示，左肯的祕訣是將所有的精力和力量集中在一條快速的沙帶上。

我有這幾桶白沙要帶回伊里斯。

如果在暗面有方法能為沙充能，我會找到的，幸運的話，你的御沙師就能幫助伊里斯不受王朝威脅。

好好照顧他們——要記得，他們只是借妳的。

也許我會親自去暗面帶他們回來。我從沒有離開過日面，很想看看我母親長大的土地。

我保證，你會受到比你歡迎我還要更熱烈的歡迎，「**沙巫**」。

「我很期待。」

真有趣——在經歷這些事之後，我從沒想過坎頓會選德萊歐擔任日殿副手。

有個站在你這邊卻又不認同你觀點的人是好事，公爵夫人。這會讓你更努力要確定自己是對的——

——也會在你做錯時提出質疑。

我總忍不住想著自己應該要和她一起走，聯繫我的親族。

雖然我還是很難承認，但我們需要你留在這裡。

我不知道，德萊歐。我可以戰鬥，但我知道自己的弱點。沒有危機時，我幾乎配不上這條沙胥帶上的金色。

151

尾聲
前往暗面之航程

要山壓蒼蠅，
亦或飛鏢刺龍？

扭轉戰局者往往不是
高大、威猛或敏捷之人，
而是那些因有耐心
而贏得——

——聰明、智慧
與機智之人。

坎頓說要感受
每一粒沙。朝它們
擴展心靈，並建立
聯繫。

貝昂，準備好
要試試了嗎？

公爵夫人，
如果我說還沒
會有差別嗎？

就只是個
測試嘛。沒什麼
好擔心的。

無形世界之能量

碩兌現了他的諾言。我不僅帶了好幾桶白沙要回去伊里斯——在租賃的船上能存放多少就帶了多——我還帶了一小群御沙師,其中包括德萊歐的姊妹,而我祈求這場遠征最後能結出碩果,幫助們對抗王朝。

相信在適當的條件下,依附在沙上,並能使沙在日光下呈現白色的地衣,是能夠在暗面沙上培植。等我回到暗面,沙子也會早已轉黑了,所以我那一桶桶的白沙可能只是多此一舉。但只要船在光下航行,我會盡可能地好好利用研究和為沙充能的機會,特別是當我能和一群御沙師合作時。

越研究御沙術,就越能看出它和暗面星刻的關聯性。太陽授予某種力量給沙上的地衣,類似粒子每週發射一次的脈衝。脈衝授予我們的星痕力量,即使似乎只有被選中之人才能獲得該力量。

抵達日面時,很快就知道太陽無法為我們的星痕充能,所以依照這個邏輯,我不認為暗面每週的衝能為白沙充能。但儘管如此,兩者的相似度仍十分驚人。我相信御沙術與星痕有可能是能解鎖一股力量的不同鑰匙。

慮到我們星球兩半邊之間的關,我想知道暗面是否有相對應的談,就像我在針孔圖像實驗中看的那副臉孔。自從那時開始,我熱浪、浮雲、河流漩渦,以及沙上的沙浪漣漪中都看到了那張空的臉。我不是唯一有這種經歷的。這種現象在日面上似乎有許多載。

些異常現象——雲中的人臉、力的授予、無形的世界——比我過研究的任何事物都還要吸引我。

已經計劃了數十種實驗和專用儀器設計,要來幫助我進行探索,但那些筆記可以等到明天再寫。在之前,我打算盡可能待在甲板上。我們很快就會航進末代風暴,在日面所剩的時間裡,我想要待在星的溫暖和光芒之中。

中英名詞對照表

Lord Artisan　工匠主
Lord Beggar　乞丐主
Lord General　將軍主
Lord Farmer　農主
Lord Mastrell　宗師主
Lord Merchant　商主
Los'seen　落辛教
Lossa　洛沙
Lossand / Lossandin　落沙 / 落沙的；人
Lraezare　勒瑞薩雷

M
Marken　螞肯
Mason Headquarters　石匠總部
Mastrell　宗師
Mastrell's Path　宗師之路
Mellis　梅里斯
Melloni / Melly　梅蓉妮 / 小梅
Moril　莫莉

N
N'Teese　妮提思
NaiMeer　奈梅爾
Napthani flame　內薩尼之火
Nilto　尼爾托
Nimmyn　寧敏
NizhDa　尼茲達
Nor'Tallon　諾塔倫
Nor'Tallon River　諾塔倫河
Northern Border Ocean　北邊疆海

O
overburn　過度燃燒
overmaster　過度操御

P
Particulate Cloud　粒子雲
Portside　左舷區
Praxton　帕克斯頓
Profession　天職

Q
qido　契多

R
Raagent　雷金
Reendel　瑞恩代爾
Reveln　瑞維恩
Reven　雷溫
rezal / rezalin(pl.)　雷薩爾 / 雷薩爾林(複數)
Rile　萊歐
Rim Kingdoms　外緣諸國
Rite　萊特
Ry'Kensha　瑞肯沙
Ry'Do Ali River　瑞多阿里河

S
sand bag　沙包
sand fox　沙狐
Sand Lord　沙之主
sand mage　沙巫
sand master　御沙師

sandling　沙蟲
sash　紗胥帶
Scooch　史庫琪
Seevis　希維司
senior trackt / senior　資深追警 / 前輩
Serin　瑟林
shalrim　沙苓
Sharezan　薛贊
Shella　胥拉
Shipowner's Circle　船東圈
Skathan　史卡森
Southern Border Ocean　南邊疆海
Starcarved　星刻
starmark　星痕
Starside　星面
Stumpy　缺缺

T
Tain　泰恩
Taisha / Taishin(pl.)　塔沙 / 塔辛(複數)
Taishin Council　塔辛委員會
Taldain　泰爾丹
Tallon　塔倫
Tarn　湯恩
terha / terhan(pl.)　拓哈 / 拓罕(複數)
terken　拓殼
Terminal Storm　末代風暴
Tiaoc　提亞克
Tonk　苳施獸
Torkel　托克爾
Torth　托斯
Tower Garrison　塔樓警備隊
Tower of Soldiers　塔樓士兵
trackt　追警
Traiben　特雷本
traid'ka　崔德卡（祝福語）
Trell　特雷

U
Underfen　次分師
Underlestrell　次少師
Undermastrell　次宗師

V
Vennin　維寧
venonleech　毒蛭
Vey　非伊

W
Wilheln　威罕
Wombears　甕熊

Y
Yeeden　伊登

Z
ZaiDon　宰東
zensha　憎沙
zinkall / zinkallin(pl.)　辛考 / 辛考林(複數)
Zo'Ken　左肯

國家圖書館出版品預行編目資料

白沙・卷3【完結篇】/ 布蘭登・山德森（Brandon
Sanderson）作；林雅儀譯 . – 初版 . – 臺北市：奇幻
基地出版，城邦文化事業股份有限公司出版：英
屬蓋曼群島商家庭傳媒股份有限公司城邦分公司
發行，2024.02
面：公分 . - （Best 嚴選；159）
譯自：White Sand
ISBN 978-626-7210-92-5（平裝）

城邦讀書花園
www.cite.com.tw

B
E
S
T 嚴選 159

白沙・卷 3【完結篇】

原 著 書 名／White Sand Vol. 3
作 者／布蘭登・山德森（Brandon Sanderson）
譯 者／林雅儀
企畫選書人／王雪莉
責 任 編 輯／劉瑄
版權行政暨數位業務專員／陳玉鈴
資深版權專員／許儀盈
行銷企畫主任／陳姿億
業 務 協 理／范光杰
總 編 輯／王雪莉
發 行 人／何飛鵬
法 律 顧 問／元禾法律事務所　王子文律師
出版／奇幻基地出版
　　　城邦文化事業股份有限公司
　　　台北市 115 南港區昆陽街 16 號 4 樓
　　　電話：(02)25007008　　傳眞：(02)25027676
　　　網址：www.ffoundation.com.tw
　　　e-mail：ffoundation@cite.com.tw
發行／英屬蓋曼群島商家庭傳媒股份有限公司城邦分公司
　　　台北市 115 南港區昆陽街 16 號 8 樓
　　　書虫客服服務專線：(02)25007718・(02)25007719
　　　24 小時傳眞服務：(02)25170999・(02)25001991
　　　服務時間：週一至週五 09:30-12:00・13:30-17:00
　　　郵撥帳號：19863813　　戶名：書虫股份有限公司
　　　讀者服務信箱 e-mail：service@readingclub.com.tw
　　　歡迎光臨城邦讀書花園　網址：www.cite.com.tw
香港發行所／城邦（香港）出版集團有限公司
　　　香港九龍九龍城土瓜灣道 86 號順聯工業大廈 6 樓 A 室
　　　電話：(852) 2508-6231　傳眞：(852) 2578-9337
　　　e-mail：hkcite@biznetvigator.com
馬新發行所／城邦（馬新）出版集團
　　　【Cite(M)Sdn Bhd】
　　　41, Jalan Radin Anum, Bandar Baru Sri Petaling,
　　　57000 Kuala Lumpur, Malaysia.
　　　Tel: (603) 90563833　Fax:(603) 90576622

封面設計／朱陳毅
排　　版／芯澤有限公司
印　　刷／高典印刷有限公司
■ 2024 年 2 月 2 日初版

售價／420 元

書號：**1HB159**　　　　書名：白沙・卷 3

好禮雙重送！入手奇幻大神布蘭登‧山德森新書可獲2024限量燙金藏書票！
集滿回函點數或購書證明寄回即抽山神祕密好禮、Dragonsteel龍鋼萬元官方商品！

【2024山德森之年計畫啟動！】購買2024年布蘭登‧山德森新書《白沙》、《祕密計畫》系列（共七本），各隨書附贈限量燙金「山德森之年」藏書票一張！購買奇幻基地作品（不限年份）五本以上，即可獲得限量隱藏版「山德森之年」燙金藏書票；購買十本以上還可抽總值萬元進口龍鋼公司官方商品！

好禮雙重送！「山德森之年」限量燙金隱藏版藏書票＆抽萬元龍鋼官方商品

活動時間：2024年1月1日起至2024年10月30日前（以郵戳為憑）
抽獎日：2024年11月15日。
參加辦法與集點兌換說明：2024年度購買奇幻基地任一紙書作品（不限出版年份，限2024年購入），於活動期間將回函卡右下角點數寄回奇幻基地，或於指定連結上傳2024年購買作品之紙本發票照片／載具證明／雲端發票／網路書店購買明細（以上擇一，前述證明需顯示購買時間，連結請見奇幻基地粉專公告），寄回五點或五份證明可獲限量隱藏版「山德森之年」燙金藏書票，寄回十點或十份證明可抽總值萬元進口龍鋼公司官方商品！

活動獎項說明

■ **山神祕密耶誕好禮 +「寰宇粉絲組」（共2個名額）**
　布蘭登的奇幻宇宙正在如火如荼地擴張中。趕快找到離您最近的垂裂點，和我們一起躍界旅行吧！
　組合內含：1. 躍界者洗漱包 2. 躍界者行李吊牌 3. 寰宇世界明信片 4. 寰宇角色克里絲別針。

■ **山神祕密耶誕好禮 +「天防者粉絲組」（共2個名額）**
　衝入天際，邀遊星辰，撼動宇宙！飛上天際，摘下那些星星！組合內含：1. 天防者飛船模型 2. 毀滅蛞蝓矽膠模具 3. 毀滅蛞蝓撲克牌 4. 寰宇角色史特芮絲別針。

特別說明

1. 活動限台澎金馬。本活動有不可抗力原因無法執行時，主辦單位有權決定取消、中止、修改或暫停本活動。
2. 請以正楷書寫回函卡資料，若字跡潦草無法辨識，視同棄權。
3. 活動中獎人需依集團規定簽屬領取獎項相關文件、提供個人資料以利財會申報作業，開獎後將再發信請得獎者提供資訊。若中獎人未於時間內提供資料，主辦單位有權取消得獎資格。
4. 本活動限定購買紙書參與，懇請多多支持。

當您同意報名本活動時，您同意【奇幻基地】（城邦文化事業股份有限公司）及城邦媒體出版集團（包括英屬蓋曼群島商家庭傳媒股份有限公司城邦分公司、書虫股份有限公司、臺刻出版股份有限公司、城邦原創股份有限公司），於營運期間及地區內，為提供訂購、行銷、客戶管理或其他合於營業登記項目或章程所定業務需要之目的，以電郵、傳真、電話、簡訊或其他通知公告方式利用您所提供之資料（資料類別 C001、C011 等各項類別相關資料）。利用對象亦可能包括相關服務的協力機構。如您有依個資法第三條或其他需要協助之處，得致電本公司（(02) 2500-7718）。

個人資料：

姓名：＿＿＿＿＿＿＿＿　性別：＿＿＿＿　年齡：＿＿＿＿　職業：＿＿＿＿＿＿　電話：＿＿＿＿＿＿＿＿

地址：＿＿＿＿＿＿＿＿＿＿＿＿＿＿＿＿＿＿　Email：＿＿＿＿＿＿＿＿＿＿＿　□ 訂閱奇幻基地電子報

想對奇幻基地說的話或是建議：＿＿＿＿＿＿＿＿＿＿＿＿＿＿＿＿＿＿＿＿